Ye

LA

POÉSIE PROVENÇALE

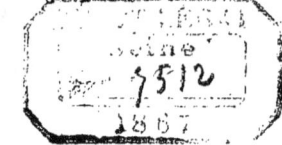

EN 1867

—

LE NOUVEAU POÊME DE FRÉDÉRIC MISTRAL

—

PAR

ADRIEN DONNODEVIE

——

EXTRAIT DE LA REVUE CONTEMPORAINE

(LIVRAISON DU 30 SEPTEMBRE 1867)

——

PARIS

BUREAUX DE LA REVUE CONTEMPORAINE

Rue du Faubourg-Montmartre, 17

—

1867

LA

POÉSIE PROVENÇALE EN 1867

LE NOUVEAU POÊME DE FRÉDÉRIC MISTRAL

CALENDAU, par Frédéric Mistral. Avignon, J. Roumanille, 1867.

Nous ne croyons pas devoir nous excuser aujourd'hui de présen-
ter une seconde fois à nos lecteurs un poème provençal et l'œuvre
nouvelle d'un véritable poète. Les études littéraires ont fait assez
de progrès, la curiosité des esprits est, de notre temps, assez
éveillée pour qu'il ne puisse être indifférent pour personne d'étudier
le rajeunissement d'une vieille langue qui fut, au moyen âge, si
riche, si élégante, si énergique, et que des esprits éminents ont prise
de nos jours pour exprimer leurs poétiques pensées.

Nous avons dit, ici même, ce que fut Jasmin, l'illustre poète age-
naïs [1], si ardemment attaché à son pays, à sa langue, et dont les
touchantes pastorales ne périront pas ; pour celui-là déjà la posté-
rité commence, et bientôt une statue, hommage de pieuse affection
de ses admirateurs, perpétuera dans sa ville natale le souvenir de cet
homme si poétiquement doué, si simple, si ardent et si bon.

Nous avons parlé aussi de cette pléiade de brillants poètes provençaux (*li félibre prouvençau*), et, à leur tète, de Frédéric Mistral [1]. le poète aux grandes ailes, qui, d'un accent mâle et chaudement inspiré, a si magnifiquement chanté la Provence dans *Mireille ;* celui-là, jeune et hardi, s'est révélé tout d'abord comme un poète de grande race, et le vigoureux élan qui l'a élevé si haut dans une œuvre première, ne s'est pas affaibli dans la seconde. Le nouveau poème de Calendal nous est un précieux témoignage des justes espérances que nous avions conçues.

Ce n'est pas par de timides essais, par de petites pièces gracieuses ou plaisantes, comme on le fait d'ordinaire, que Mistral a voulu affirmer sa foi dans les ressources et la valeur de sa langue chérie. Ce sont des poèmes étendus aux proportions épiques que, d'une main magistrale, il a taillés dans les traditions comme dans le marbre brut de son pays ; ce sont des poèmes épiques : qu'on ne s'en effraye pas. Le genre épique est peu français, dit-on ; ces longs récits héroïques, propres à porter aux plus hautes entreprises les esprits et les cœurs, et à les exalter dans les sentiments des dévouements sublimes, sont assez rares dans notre littérature et souvent peu réussis. On revient cependant peu à peu à ces fictions romanesques, à ces lgendes populaires qui nous ont transmis le souvenir des grandes aventures du moyen âge, à ces épopées nationales que domine principalement le nom de Charlemagne. On accumule les travaux les plus savants sur les chansons de geste, sur la Chanson de Roland surtout que l'on signale comme l'expression la plus élevée de l'idéal chrétien et chevaleresque de la France, de même que l'on trouve dans l'*Iliade* le génie de la Grèce, et dans les *Niebelungen* la forte empreinte de l'esprit germanique.

Indépendamment de ces grandes chansons de geste, ou plutôt avant elles, il y avait des chants populaires de moindre importance, des cantilènes romanes que des rapsodes de toutes conditions répandaient et récitaient partout, et c'est de ces morceaux épars, de ces fragments de récits réunis et raccordés par la fantaisie et les prédilections générales, que la légende qui devait survivre s'est formée ; c'est ainsi que sont nés les poèmes du cycle carlovingien et de la Table Ronde. Toutes ces sources diverses, ces origines, quelques diffuses qu'elles soient, sont maintenant l'objet de recherches patientes et minutieuses ; on veut tout examiner, tout savoir ; on fouille dans tous les coins de la littérature et de l'histoire ; le champ de l'érudition s'agrandit, s'étend, on y rencontre même les infiniments petits : rien de mieux. Mais n'est-il pas juste de réserver quel-

[1] *Revue Contemporaine* du 31 octobre 1863.

que attention pour des œuvres originales provenant d'une autre inspiration, et qui, par cette raison même qu'elles sont de notre temps et de notre pays, ont droit, ce nous semble, à l'examen de la critique? Nous sommes loin de contester l'intérêt qui peut s'attacher à la découverte des rares fragments de quelque légende oubliée ; mais lorsque, dans un large cadre, la main d'un véritable artiste a tracé le tableau de mœurs et de paysages éminemment poétiques, qu'avec une supériorité réelle il a développé une conception puissante, et que, par la forme comme par la pensée, il a fait une œuvre accomplie, nous croyons que l'on doit signaler cet événement comme une chose heureuse dans le monde des lettres ; c'est l'accueil qui nous paraît être dû au poème de Calendau.

1

La dernière œuvre de Mistral n'est pas celle d'un écrivain ordinaire ; l'auteur de Mireio et de Calendau est un poète au large souffle, à la voix vibrante ; en lui tout respire la force, la santé du corps et de l'âme, un équilibre parfait des plus heureuses facultés. Animé d'une verve et d'une chaleur constantes, il répand toutes les flammes de ce beau ciel dont il est amoureux dans ses descriptions saisissantes ; et cette ardeur n'exclut pas la finesse d'une observation exacte et attentive ; il porte sur tout ce qu'il voit, avec l'émotion sympathique du poète, le regard sûr de l'artiste.

Dans la ravissante pastorale de *Mireille* il a décrit, et on sait de quelle manière, la Provence agreste, la Provence des bords du Rhône, et c'est au milieu des champs, parmi les travailleurs de la terre que se meut cette simple et touchante action. Mireille est la fille d'un riche cultivateur et son amoureux Vincent est un pauvre vannier.

Dans *Calendal*, Mistral a voulu compléter le tableau qu'il consacre à la peinture de son pays ; il a choisi pour héros un pêcheur de Cassis. C'est la Provence maritime qu'il a prise pour théâtre et dont il reproduit les mœurs, les usages, la vie : tout ce qu'il en embrasse, il le place dans un récit héroïque, étrange qui, par le caractère légendaire des événements, la bizarrerie des situations et la délicatesse chevaleresque des sentiments, fait penser à ces épopées populaires de la belle époque romane ; l'esprit qui anime les beaux récits de Pierre de Provence et de la belle Maguelonne, de Jauffre et de Brunissende, d'Aucassin et de Nicolette, semble avoir inspiré

les amours singulières de Calendal et d'Esterelle. Esterelle est une
fée, on le croit du moins, et il est certain que sa vie et ses sentiments ne sont pas ceux d'une femme ordinaire ; c'est qu'elle est
mieux qu'une femme, une héroïne amoureuse comme toutes celles
qui ont été tant de fois dépeintes : ce qu'il faut voir en elle, c'est
une haute pensée morale, c'est l'inspiration sublime de Calendal,
c'est sa conscience éclairée, épurée, c'est son aspiration invincible
vers le bien suprême, l'amour de plus en plus grand de Dieu et de
l'humanité ; et qu'on ne croie pas pour cela à des dissertations mé-
taphysiques, à des prédications abstraites ; c'est par l'action, c'est
par le fait que le sens vrai se dégage, que l'idéal apparaît. Les
épreuves auxquelles l'amour du pauvre pêcheur est soumis et par
lesquelles il s'élève jusqu'à la plus haute intelligence de la destinée
humaine, sont autant de récits variés pleins de mouvement et de
couleur. En avançant, en brisant tous les obstacles, en accomplis-
sant tous les travaux accumulés sur son chemin, le pêcheur grandit,
il porte de jour en jour plus haut sa pensée : sous l'influence de sa
sévère amante, de la divine Esterelle, il se sent transformé ; il ne
peut résister à cette austère charmeuse et il accepte successivement
les plus douloureux sacrifices, il se jette avec transport dans les
entreprises les plus généreuses. *Excelsior ! excelsior !* plus haut,
plus haut encore !

Ainsi marche ce poème sans jamais cesser d'intéresser, d'émou-
voir et de plaire, parce que jamais le poète ne cesse d'être un poète,
et que la profonde pensée morale que nous y trouvons, ce sentiment
si juste et si fortement accusé de la mission de l'homme sur la terre,
y ressort naturellement, sans effort et sans la moindre pédanterie,
d'une fiction romanesque, chaude et entraînante. Ce n'est plus
l'idylle de *Mireille*; ne comparons pas les deux poèmes; lais-
sons à *Mireille* son mérite rare, sa grâce et sa touchante douceur.
Ici l'horizon s'élargit : *Sursum corda !* le tableau est plus grand, et,
s'il est moins simple, il est plus fort.

On nous en voudrait sans doute si, insistant plus longuement sur
ces explications préliminaires, nous ne nous efforcions, sans plus
attendre, de donner au lecteur une analyse assez exacte du poème
que nous voulons lui faire connaître, pour qu'il puisse en juger par
lui-même et être mis en mesure de substituer, ce qu'il préférera
probablement, sa critique à la nôtre.

Après une invocation à l'âme de son pays, «âme éternellement re-
naissante, âme joyeuse, fière et vive, âme des bois pleins d'harmo-
nie et des criques pleines de soleil, de la patrie âme pieuse, « Je
t'appelle, incarne-toi dans mes vers provençaux ! » Le poète nous
dit :

« Vers le milieu du jour, sur un plateau rocheux, qu'embaume l'odeur des bruyères, une femme et un jeune homme sont assis ; de la falaise où ils se trouvent, ils ont en vue les moutons blancs de la luisante mer , et des rocailles là éparses; seul, le chant du pic étonne le repos.

» Autour du mont gravit raide, profond et clair un bois de pins; de la corniche, on peut voir bondir les ondes, le front des arbres ; cette blancheur-là est Cassis ; Toulon miroite au loin, dans le soleil, et là-bas étincelle, sur la plage, l'azur de la Gardiole. »

Et le jeune homme reproche à la femme sa froideur ; que n'a-t-il pas fait pour être aimé d'elle ? et cependant..... «Mais tu as mon » amour, dit la femme, en voilant de ses deux mains son visage et » ses pleurs.» Transporté de joie, le jeune homme s'exalte et se répand en paroles ardentes : «Regarde, dit-il, la nature brûle autour de nous et se roule dans les bras de l'été, et hume la dévorante haleine de son fiancé fauve.» Mais elle, comme sous le coup d'une pensée fatale :

«Va-t-en, au nom du ciel, dit-elle, va-t-en ; arrière l'amour ! à moi pour compagnie les bêtes des montagnes, à moi pour amour la création de Dieu !

» Debout, émue, altière, s'était levée l'amante ! Nulle part, non jamais, deux torsades si drues de cheveux blonds n'ont couronné si belle tête ; telles deux branches de genêt, rousses de fleurs ; mais de tempêtes, aurait son seul visage éclairci l'aquilon.

» Fines brillaient ses dents ; il était droit, hautain, farouche, le regard de ses yeux verts comme émeraude ; et du soleil de la garrigue, sa chair à duvet de pêche, comme un fruit estival, portait la réverbération. Aux genoux de l'amie, svelte, fière, divinement moulée par les plis blancs de sa robe de lin, à ses genoux, extasié comme s'il entendait un ange parler au sein des nuées bleues, par terre l'amoureux sur le coude était penché.

» Délié, souple et fort comme une antenne, il montrait vingt ans d'âge, ou guère plus; les yeux troubles d'amour, mais grands et noirs ; sur la bouche, un duvet léger comme aux ceps, les chausses courtes avec la boucle d'étaim sur les bas; au reste, bien jambé.

» Il se leva, tel se redresse un blé mûr que sur la glèbe avait courbé le vent. »

Le jeune homme désespéré se plaint amèrement de ce que lui fait souffrir cette femme maudite, cette fée Esterelle , comme on la nomme, âpre ennemie de l'homme, amante du désert ; il veut fuir, aller chercher la mort ; alors elle se jette à son cou ; mais après cet élan passager : «Je ne puis, dit-elle ; malheur à moi ! Je suis ma-

riée..... — Mais qui donc es-tu?..... — Qui je suis ? » et, rapide
comme un oiseau, elle l'entraîne dans la grotte cachée qui lui sert
d'asile — « Voilà le palais de la fée, » dit-elle. Sur la feuillée elle se
met à genoux ; à côté d'elle s'asseoit le jeune homme ; « et le rayon-
nement les enveloppe ensemble d'un manteau de lumière. » Elle
raconte qu'elle est de la grande famille des princes des Baux, « race
d'aiglons, jamais vassale, qui, de la pointe de ses ailes, effleura la
crête de toutes les hauteurs. » Et elle dit, d'une manière charmante,
l'illustration, les héroïques souvenirs, la vie aventureuse et conqué-
rante de ses aïeux, de ces princesses si brillantes, « au corps exquis
en beauté ; âmes allègres, donnant l'amour, versant la joie et la
lumière ! » Les thyms eux-mêmes ont conservé l'odeur de leurs tra-
ces, et il semble encore voir à leurs pieds chanter les troubadours.

« C'est la tombée du jour : vives et jolies, font peu à peu leur éclosion,
les étoiles de Dieu ; avec la rosée un doux murmure qui monte en aug-
mentant, naît au pied des tourelles et sur les balcons.
» Des rossignols et des troubadours voici l'heure ; l'arrivant, sur le
thème d'amour, élève la *chanson*. Une blancheur au balcon apparaît et
se penche, et comme un arome, respire en se penchant le psaume de
l'amour ; les soupirs confondent leur langueur, et les baisers, à la volée,
leur frémissement ineffable..... »

Puis, dans le château, après le festin, soit une *tenson*, soit une
pastourelle, une ballade ou un *sirvente*, un *roman* ou une *aubade*
réjouissent tour à tour les convives. On y voyait réunies toutes les
fleurs du *gay-savoir*, et grand était le charme !
Cette race si forte est tombée ; « et, de cette souche généreuse,
ajoute-t-elle, que reste-t-il?.... Un rejeton séché, une fille, et c'est
moi..... »
Mais qui donc a fait ton malheur ? dit le jeune homme ; quel est
l'exécrable tyran qui te contraint à cette vie errante ?

II

Le second chant est rempli du récit des malheurs de la jeune
baronne ; elle raconte sa jeunesse au château d'Aiglun, ses courses
dans les montagnes, sa vie rude, mais noble et libre ; légère et eni-
vrée de l'éclat de son âge : « croyant à la durée des roses, » elle

repoussa bien des hommages et n'eut que du dédain pour les plus beaux noms de Provence. Mais voilà que, par une soirée d'orage, au milieu des éclairs et d'une atmosphère embrasée, arrive un cavalier à la mine insolente et fière, qui, dans un langage audacieux, outrecuidant, où semblent s'insinuer tous les artifices d'un démon, séduit et trouble la jeune fille. Saisie de vertige, comme devant un abîme, en présence de cette nature satanique, elle consent à l'épouser. C'est le comte Sévéran, chef de contrebandiers.

Un incident dramatique vient interrompre le repas de noces; un vieillard en haillons entre dans la salle du festin, et, après avoir essuyé les injures des assistants, se redresse avec énergie, dénonce Sévéran comme chef de brigands, et lui fait honte de sa scandaleuse conduite. Ce vieillard est le père de Sévéran. Au milieu du bruit qu'il soulève, la mariée remplie d'horreur se retire, et, poursuivie par une terreur invincible, elle s'enfuit loin, loin du château, ne s'arrêtant à aucun obstacle à travers les monts et les vallées, affrontant les plus grands dangers, disputant aux bêtes fauves leur retraite et leur nourriture, et elle finit par se réfugier sur le mont Gibal, où Calendal, son jeune amoureux, l'a rencontrée.

Ce récit animé, ému, fait monter l'indignation au cœur du jeune homme; il se lève, il veut aller venger la baronne, tuer son infâme époux.

Elle cherche à l'apaiser : « Je veux qu'elle reste nette et blanche la main que je touche; » mais il ne veut rien entendre, et part, résolu, à la recherche du comte Sévéran.

Le jeune Calendal se dirige vers le château d'Aiglun; et quel charmant voyage le poète nous fait faire avec lui à travers la Provence! D'un mot lumineux, d'une image rapide et saisissante, il éclaire un paysage, il dépeint un aspect, un site, avec la justesse si remarquable de Dante ou d'Homère. Tout entier pourtant à ses pensées de vengeance et d'amour, Calendal marche sans relâche, il passe, regardant à peine autour de lui; il est arrivé dans les Alpes, et, après avoir traversé une vallée profonde, froide et resserrée, il pénètre jusqu'à un défilé verdoyant et élargi, gorge délicieuse et secrète, « où le soleil brûlant répand une averse d'or. » C'est là, au bord du torrent de l'Esteron, que Sévéran, entouré de ses compagnons et de femmes joyeuses, se récrée à la chasse; pour laisser tomber la chaleur du jour, ils font la méridienne, couchés sur le pré vert, sous un bouquet d'érables, de tilleuls et de pins parasols. Calendal les aborde d'un ton si dégagé, avec une telle hardiesse, qu'il plaît à ces natures farouches; les femmes regardent avec complaisance ce beau jeune homme, qui devine bientôt qu'il est en présence du comte Sévéran ; son sang bout, mais il se contient ; son dessein est arrêté, et il amène cette compagnie oisive et curieuse à lui demander son histoire.

C'est une ingénieuse pensée que d'avoir fait faire le récit des aventures du pêcheur de Cassis, et de ses amours avec la fée du mont Gibal, justement à l'époux indigne qui l'a trompée, et à la poursuite duquel elle a su jusqu'alors se soustraire. Aussi, pendant tout le cours de cette longue narration, la colère de Sévéran, qui comprend vite tout ce qu'elle a pour lui d'amertume, couve, monte et est prête à éclater ; ses compagnons tremblent pour le narrateur. Mais celui-ci, en insistant sur les points les plus délicats, savoure sa vengeance et défie vaillamment son ennemi.

Ce récit, singulièrement attachant, qui tient tous ces gens attentifs pendant les longues heures d'une chaude journée d'été, puise un intérêt de plus dans l'émotion particulière de celui qui le fait comme de celui qui l'écoute ; un orage semble gronder au-dessus d'eux, et tout fait présager un violent éclat.

Calendal raconte son enfance à Cassis, ville de mer où il est né un jour de Noël, d'où lui est venu le nom qu'il porte [1], et où jusqu'à vingt ans il a été simple pêcheur d'anchois ; il décrit avec amour son pays, la grande et la petite pêche, ces courses incessantes et souvent si dangereuses à la poursuite de cette proie fugitive, de ce monde de poissons qui s'agite, vit et se débat à la surface et dans les profondeurs de ces abîmes infinis, de cette mer aux flots azurés avec laquelle passe sa vie la petite population de Cassis, heureuse lorsque la mer est calme, émue lorsqu'elle est menaçante, et luttant hardiment contre elle lorsqu'elle est furieuse. Calendal s'excuse d'en parler si longuement, mais l'auditoire est déjà sous le charme de sa parole ardente, vive et colorée.

« Parle, parle, » lui dit une gentille petite brune, Fortunette, qui paraît être la favorite du comte, en jetant sur lui des regards enivrés.

Il s'enhardit, et, en plaçant ses récits dans la bouche de son père qui les leur faisait dans les veillées d'hiver, il s'étend avec complaisance sur les fastes héroïques, sur la gloire de la Provence : car toujours la patrie vit dans l'âme du poète ; c'est la source intarissable de ses inspirations. Un jour, à la chasse, poursuit Calendal, sur un pic escarpé, « debout dans la splendeur, ayant le roc pour marchepied, j'aperçus une femme jeune et belle, en plein azur. » Cette apparition, qui s'évanouit aussitôt, le plongea dans la plus étrange mélancolie ; cette vision céleste lui a révélé la beauté, l'amour ! Il veut

[1] *Calèndo,* Noël : *Calendau,* né à Noël.

la revoir, il la poursuit, il l'appelle, mais en vain : on remarque e trouble de son esprit et on lui dit : Prends garde, c'est la fée Esterelle, l'amante des roches stériles, des sombres ravins ; c'est la reine des loups, la conductrice des grands troupeaux de sauterelles ; fuis-la, elle rend fous ceux qui l'approchent, elle les charme et ils sont perdus. Rien ne l'arrête, il va l'attendre avec persévérance, et enfin il la revoit une autre fois, plus belle encore et plus séduisante ; il l'interroge, et d'un bond veut l'atteindre ; mais elle le fuit avec mépris ; sa passion s'en accroît ; pour la conquérir, il deviendra digne d'elle, il y est résolu, et l'orgueil de son amante s'abaissera devant sa force et son courage.

C'est ici que commence la série des épreuves que Calendal s'impose dans l'espérance, toujours reculée, de voir partager son amour. D'abord, il veut devenir riche, et, pour lui plaire, il veut « faire briller sur le front de sa belle une couronne d'or. » Il organise une pêche merveilleuse ; une *madrague*, construite dans l'anse de Pormieu, lui fait gagner une fortune ; aussitôt le pêcheur d'acheter bijoux et diamants, et de les apporter à sa bien-aimée qui les dédaigne et lui dit les beaux traits d'amour pur et de sublime abnégation des Geoffroy Rudel, Pierre Vidal et d'autres célèbres amants du moyen âge : c'est ainsi qu'à chaque degré de l'échelle par laquelle il s'élève peu à peu à l'idéal de l'amour, Calendal est conduit et éclairé par Esterelle, et qu'il comprend de mieux en mieux la généreuse grandeur de ce sentiment.

Après la richesse, vient le succès, la gloire, aux fêtes de Cassis, animées par les jeux traditionnels et des danses nationales de toutes sortes ; après les enivrants tourbillons des *cordelles*, des *treilles* et des *olivettes*, Calendal est vainqueur aux joûtes sur l'eau ; il est proclamé, mais son triomphe pèse à son rival vaincu, qui sait exciter contre lui la jalousie et la colère du peuple ; le jeune homme poursuivi se dérobe à cette injuste agression, et vient apporter à sa belle solitaire sa couronne, et en même temps sa tristesse. Celle-ci le relève en lui contant la légende de Guillaume au court nez, vainqueur des Sarrasins dans la plaine des Aliscamps, grâce à l'implacable énergie de sa femme Guibour, comtesse d'Orange. Calendal comprend, il sent monter plus haut son courage, et il part ne voulant plus connaître désormais de découragement ni de lassitude.

Le jeune conteur suspend un instant son récit, auquel on prête une telle attention que l'heure s'écoule vite et que déjà la chaleur semble apaiser ses feux. Sévéran devient de plus en plus sombre, et les autres de plus en plus curieux de savoir les aventures du jeune pêcheur.

C'est à l'aide de ces interruptions faites à propos, de ces diversions adroitement jetées dans la longueur de la narration, que le poète rend vraisemblable la patience prolongée de ce singulier auditoire, et que, par des descriptions exquises et variées, il tient surtout constamment en haleine l'intérêt du lecteur. Puis l'on revient volontiers à Calendal qui raconte que, plus que jamais enfiévré de folie et d'amour, il imagine, pour gagner les bonnes grâces ou du moins la pitié de son amante rebelle, d'accomplir des travaux surhumains. A la cime du mont Ventoux, à des hauteurs inaccessibles, est une futaie de mélèzes, forêt antique et vierge que la main de l'homme n'a jamais atteinte. Ce que personne n'a pu faire, il le fera, lui! et il s'élance, une hache à la main, vers « ces lieux sinistres où Dieu ne passa que de nuit»; il monte, et comme dans une sorte d'ivresse de force et de rage, il abat ces arbres majestueux, et ils tombent avec fracas dans d'immenses profondeurs! Le tableau est grand, vigoureux, émouvant. Il en est de même de son expédition vertigineuse au roc de la Cire, où il vient troubler, dans leur république aérienne et jusqu'alors inviolée, des milliers d'abeilles, trois cent mille dards qui mettent sa vie en grand péril. Fier de ces nouveaux triomphes, il reprend le chemin du mont Gibal et s'annonce par les sons répétés de sa trompe marine ; la reine de cette solitude l'entendit et des pins, des pins verts et sauvages, faisant sa sortie comme un astre : « Je t'ai pris, me dit-elle, pour un pâtre.... » « Et le pâtre, lui dis-je, t'a prise pour le jour. »

Toutefois, loin de se laisser attendrir par ces étranges exploits, elle lui reproche sévèrement, et, dans un magnifique langage, l'outrage qu'il a fait à la nature en découronnant la montagne de sa forêt superbe, la forêt toujours plus belle en vieillissant, qui verse éternellement l'ombre et la fraîcheur, qui couvre et fait jaillir les sources et les fontaines.

Mais si l'on met en pleurs son beau visage, la nature se venge..... et alors « des contreforts et des brèches de ses collines, elle fera bondir les eaux folles, et les fleuves crèveront, et sais-tu ce qu'on verra ? Des berceaux d'enfants flotter sur l'onde, les maisons blanches, les blondes terres, sous les avalanches, s'effondrant, et partout, un empierrement horrible.» Puis, voyant à ses pieds Calendal abattu et désolé : Va, dit-elle pourtant, et si, à la longue, tu fais mieux, «je te dirai s'il était doux le miel que tu m'as apporté..... »

Honteux et repentant, le jeune homme se rend en pèlerinage au bois de la Sainte-Baume, et, par aventure, il y rencontre des bandes furieuses d'ouvriers, de compagnons du tour de France qui s'étaient donné rendez-vous pour se battre.

C'est pour le poète l'occasion d'exposer ces anciennes et désastreuses querelles qui, de tout temps, ont altéré le caractère de ces associations fraternelles, et de montrer comment les enfants d'Hiram, de Salomon, de Soubise et de maître Jacques, par un faux point d'honneur et de fausses traditions, entretenaient entre eux des divisions coupables. Au moment d'en venir aux mains, ils prennent Calendal pour arbitre, et celui-ci leur fait entendre alors le langage de la vraie fraternité, du véritable devoir; il leur raconte la belle légende de saint Bénézet, un petit pâtre qui construisit le pont d'Avignon; sa parole simple et grave, mais profondément émue, touche les cœurs des compagnons qui pleurent, s'embrassent et s'en vont en chantant.

Cette fois, plus douce et moins fière, Esterelle accueille avec joie son bel amoureux; vaguement troublée par des pensées d'amour, elle sent la vertu croissante de Calendal prendre sur son cœur alangui un tendre ascendant; et son amant, qui le devine, se laisse avec bonheur bercer par cet espoir; il est maintenant auprès d'elle « tel que l'oisillon à la garde de Dieu; lorsque, dans la mer vaste et seule, sentant faiblir son aile fatiguée, il se laisse aller, planant, à la brise qui passe et l'emporte avec elle. » Mais bientôt, pour qu'il ne s'énerve pas dans de voluptueuses et molles rêveries : « Va, dit-elle, chemine sous l'astre qui t'éclaire ; » et s'arrachant aux douces pensées qu'ils viennent d'échanger, elle lui découvre un idéal plus haut, la patrie auguste, les causes justes et grandes, l'humanité douloureuse et la nature, miroir et création de Dieu ! « Gravis la montagne escarpée, monte, monte; moi, trop heureuse, si de cette éminence, au lointain je puis voir ta bannière flotter. » Elle élève son esprit et son espérance au-dessus du désir, de la jouissance, des aspirations terrestres, elle lui décèle le mérite sacré du dévouement, de la peine, du sacrifice ; elle lui montre par delà la mort, et elle lui fait plonger des regards éblouis dans l'éternelle et divine immensité. Elle termine par une admirable comparaison, entre ces plantes heureuses et tôt venues, mais courtes et rampantes, que la chaleur et la brise caressent, et les mélèzes et les sapins sauvages qui croissent lentement dans les neiges et les orages, et attendent des siècles pour pouvoir arriver au pur soleil qui les inonde, et, dans un suprême et sublime effort, sentir, à la fin, fleurir leurs têtes jaunissantes.

« Puisque là-haut brille le jour, dit Calendal, gravissons la montagne. »

Un brigand désolait la Provence : *Marcomau* et sa bande étaient la terreur du pays; ils pillaient, violaient, égorgeaient, et tous les jours, offensaient Dieu. Calendal cherche ce monstre, il le rencontre, et, après une lutte terrible, il s'en empare et l'emmène enchaîné à Aix.

A Aix, ville reine et comtale, grande acclamation et grande reconnaissance pour Calendal le libérateur. Aux jeux de la Fête-Dieu, qui durent trois jours, il est nommé par les consuls *Abbé de la jeunesse* et avec le *Roi de la Basoche* et le *Prince d'amour*, il préside aux magnifiques cérémonies de cette fête éminemment méridionale et populaire.

L'assesseur de Provence lui donne ensuite deux pistolets d'honneur ; il arrive ainsi au faîte de la gloire dans son pays, et le pêcheur de Cassis est comme enivré de sa grandeur ; bientôt après aussi le chef de Jouvence reçoit, sur le mont Gibal, l'aveu de l'amour de son amante et la confidence de son malheur. Mais il la vengera, et, s'il succombe, la mort même qui pourra refroidir leurs corps, sera impuissante à éteindre la flamme qui a brûlé d'un amour profond et pur leurs cœurs généreux : rien ne pourra briser le lien qui attache ces deux âmes amoureuses, comme sont amoureux les anges, ni séparer jamais ces deux pensées immortelles, unies et confondues à l'infini de Dieu !

Le pêcheur achève son récit au milieu du frémissement et des émotions diverses qu'il a soulevées chez ses auditeurs. Sévéran, agité de détestables desseins et contenant à peine sa fureur, se dit pourtant que, pour rompre cette union spirituelle qui défie la vie et la mort, la force et la violence ne peuvent rien ; Calendal est maître de l'âme de la baronne ; c'est donc l'âme du jeune homme qu'il faut abaisser et corrompre pour l'avilir à ses yeux ; combinant son projet infernal, il donne le signal du départ ; « et du château d'Aiglun ils prennent tous ensemble le chemin le long du torrent qui serpente..... »

III

Le soir est venu ; comparez le tableau du poète provençal avec les plus belles descriptions des poètes classiques :

« Le soleil, derrière les murs de la gorge cependant vient d'éteindre sa lumière : à l'Orient, comme une jeune fille qui, doucement, sort de son lit et va prendre le frais à sa fenêtre, doucement la jeune lune là-bas se lève ; les grillons chantent dans la glèbe ; dans les champs d'oignons o elle erre la nuit, l'obscure courtilière fredonne sa roulade. »

» Parfois une caille attardée fait entendre son cri là-haut, sur les versants ; ou bien la voix en pleurs d'un perdreau égaré, au fond de quelque val, piaule de loin en loin ; mais la soirée fraîchit et les chauves-souris, à vol précipité, fendent le crépuscule. »

Et maintenant, du récit notre héros passe à l'action. Le poème semble s'animer encore sous les événements qui le pressent, et, tout en tendant au dénoûment, va prendre un caractère de vigueur et d'entrain plus frappant et plus décidé. Au château d'Aiglun, cette demeure de son amie, Calendal entre en soupirant ; mais la nouvelle et bien différente compagnie qui en a fait un lieu de débauche, se prépare à une bruyante et joyeuse soirée.

Les femmes, qui sont allées se revêtir de séduisants costumes, viennent, « bouffantes de satin, » dans le jardin, de toutes parts illuminé, s'asseoir à une table splendidement chargée des mets les plus délicats et des vins les plus capiteux. Cette table se mirait tout entière dans le vernis de la faïence ; deux célèbres artistes de Moustiers, en avaient orné l'émail de mille fleurs, sujets et fantaisies. C'étaient de belles histoires d'amour d'autrefois : la princesse Clémence, Volandette, Sermonde, Raimbaud de Vaqueiras, et la reine Jeanne dont la beauté désarma la justice d'une assemblée présidée par un pape. Fortunette prend doucement le bras de Calendal, et, sous des ombrages à travers lesquels brillent les étoiles, dans l'enivrement de ces heures chaudes et énervantes, du parfum des fleurs et de toutes les harmonies d'un soir d'été, commence une orgie folle, farouche ; les propos, les gestes, les attitudes prennent des allures de plus en plus licencieuses, les danses une action de plus en plus libre ; et d'abord le *branle des gueusards*, où les hommes se ruent avec frénésie et dont le mouvement est merveilleusement noté dans les quatre strophes sur le rhythme desquelles on croit voir s'agiter et frémir cette horde de libertins.

Puis les femmes, rivalisant de désir et d'ardeur, Flamenque, Tibour, Malèn déploient tour à tour, dans ces danses échevelées auxquelles elles excellent, leurs grâces provocantes et leurs plus attrayantes séductions, les adressant surtout à Calendal qui reste impassible. Fortunette alors s'avance, Fortunette, hardie aventurière, d'origine sarrasine, « au sang bouillant, au brun visage. » « Je vais danser une *moresque*, moi, et tu verras comment on danse au pays du soleil, » dit-elle au jeune pêcheur. Aussitôt elle épanche sur lui toute la langueur de ses grands yeux noirs, puis au son d'une musique qui bourdonne ainsi qu'une abeille, et comme pour se dérober à des piqûres dont le dard la poursuit partout, elle fuit, revient, saute et court, en proie à un indicible délire ; haletante, demi-nue, elle veut attirer dans les cercles magnétiques de sa danse lascive le jeune homme étonné, ébloui, mais qui, indigné de ces impudicités, ne se contenant plus, se dresse à la fin, pâle et sévère, exhale son indignation en termes violents, et, saisissant la table, la renverse avec fracas. On se jette sur lui, mais, avec ses pistolets, il se défend et l'on s'arrête ; il provoque Sévéran et lui marque tout le mépris qu'il a pour lui ; tout à coup il tombe, on l'a frappé par derrière et on s'empare de lui ; Sévéran l'insulte et donne avec joie un libre cours à sa haine ; il part à la recherche de sa femme, et Calendal est enfermé dans un cachot.

Dans le chant de l'orgie, apparaissent avec éclat les éminentes qualités du poète provençal : vif et gracieux dans la description des émaux, plein de passion et de mouvement dans la peinture des scènes de séduction, il communique à ce dernier épisode un entraînement et une chaleur qui ont été rarement dépassés. La danse de l'Abeille, avec son bourdonnement continu et croissant, qui résonne dans chaque vers, porte à son comble l'égarement de la bacchante provençale, furieuse et pressée par un démon intérieur ; par ses yeux, par ses gestes, elle jette feu et flammes ; on ne sait quel souffle d'enfer a passé par là, et encore, lorsque Calendal défie le comte, quelle touche puissante ! On ne peut s'empêcher de se remettre en mémoire alors les passages les plus énergiques du Dante ; c'est le même style, net, accentué, saisissant ; c'est presque la même langue !

De toute la vitesse de leurs chevaux cependant, de toute l'impatience d'un affront à venger, d'un sourd ressentiment à assouvir, Sévéran et ses compagnons courent à la poursuite de la baronne d'Aiglun, et cherchent «les foulées de la gazelle. »

Plongé dans une sombre basse-fosse, Calendal est désespéré ; il sent tout le mal qu'il a fait à sa bien-aimée ; du fond de cet abîme, que peut-il faire pour elle, le courageux jeune homme ?

Tout à coup la porte s'ouvre et Fortunette éperdue, affolée, se jette à ses pieds et s'y roule dans toute l'ivresse d'une passion ardente et déchaînée. Calendal ne l'entend pas ; il l'écarte avec mépris, il sort, et «libre, il vole, vole au milieu de la nuit et des montagnes ténébreuses. » Mais, pour n'être pas devancé par les cavaliers, «il se hâte vers la mer, vers la mer qui l'attire gisante au loin, et qui, aux rayons naissants de l'aube, s'éveille lumineuse et rose et souriante. » Il marche, marche ; et, après avoir traversé le pays de Grasse et de Cannes, il est enfin à la mer et se jette dans une barque avec laquelle il fend les flots et glisse le long de la côte comme une mouette. Il ne se peut rien imaginer de plus rapide que ce voyage ; le désir d'arriver gagne le lecteur, comme il anime le jeune pêcheur. On le voit passer anxieux, haletant, tourmentant sa rame et saluant au

passage les lieux célèbres de ces belles plages, les îles de Lérins,
Fréjus, Saint-Tropez, les îles d'Or, Hyères et Toulon ; les descriptions que le poète en donne, en traits colorés et pittoresques, loin
de ralentir ce parcours à tire d'ailes, ne fait que le mesurer et marque les vigoureux élans imprimés à cette barque qui s'allonge et fuit
comme une anguille. Elle bondit et vole, et notre héros aperçoit le
mont Gibal ; il saute à terre et s'élance vers la montagne ; de sa
trompe et de sa voix, il avertit Esterelle : Fuis, fuis, les brigands
s'avancent ; « voici l'oiseau de proie sur ton nid de colombe ! » Mais
elle attend son amant et ne veut pas s'éloigner ; elle lui donne un
poignard qui a toujours servi et pourra encore défendre l'honneur
des princes de Baux ; et, prenant à témoin les arbres et les rochers
de son amour et de son hyménée, elle se résigne résolûment à son
sort.

Calendal, intrépide, se place au-dessus du ravin par lequel le
mont Gibal est accessible et que gravissent péniblement, mais avec
un acharnement invincible, Sévéran et ses estafiers.

Ils escaladent avec rage, mais il fait pleuvoir sur eux une grêle
de pierres et de roches ; le comte reconnaît son rival avec stupeur,
sa fureur redouble ; mais ses affidés, presque tous atteints, se dis-
persent et roulent sous les roches croulantes. « Allumons l'herbe et
les arbres, feu, feu partout ! » s'écrie alors le chef aux abois. Brû-
lons, s'il faut, mer, ciel et terre ! que le Gibal brûle et s'engloutisse
avec tous ceux qu'il cache ! Une fumée épaisse, immense s'élève
bientôt, enserrant la montagne et surmontée de tourbillons, d'étin-
celles qui vont éteindre les étoiles, puis des vagues rouges, furibon-
des enlacent, dévorent, rongent et fouillent les bois et les flancs des
rochers ; un vent impétueux excite, grandit et étend ces innombra-
bles langues de feu avec des crépitations et des craquements horri-
bles. Le mont est enfermé dans un effroyable brasier dont l'enceinte
brûlante va se resserrant, et qui gagne la bruyère où sont réfugiés
Calendal et Esterelle.

Cette conflagration, comme un Vésuve, resplendit au loin, et là-
bas en sang et écarlate, reflète dans la mer son immense flamboie-
ment. La mort s'avance, implacable, hideuse..... quand tout à
coup, dans l'obscurité lointaine, une cloche, dont le son relève le
cœur de Calendal, résonne et pleure. C'est la cloche de Cassis ; c'est
le tocsin qui appelle ses habitants au secours de leur frère ; ils courent à la montagne. Sévéran, écrasé par la chute d'un arbre en feu,
meurt en blasphémant, en maudissant Dieu ! Les vaillants Cassi-
diens arrêtent la marche des flammes...... « L'azur, dans le levant,
s'inonde de rayons ; et Calendal, le fils de l'onde, et des sommets la
blonde reine, alors se montrent triomphants, dans le soleil et dans

la gloire, à la cime des monts et la main dans la main. » Et le peuple les acclame, applaudit et les salue avec transport, et Calendal est. nommé consul perpétuel de Cassis.

« Disant cela, la multitude fait cortége aux fiancés, aux fiancés généreux, bienheureux, amoureux, et le soleil, dont l'empire est à Dieu, le grand soleil monte, illumine, en procréant, sans limite ni fin, de nouveaux enthousiasmes, de nouveaux amoureux. »

Ainsi finit le poème ; si cette incomplète analyse a pu en donner une idée d'ensemble ; si, d'après elle, on peut juger peut-être de l'ampleur du sujet, de sa portée morale et de quelques lignes générales de cette remarquable composition, que de grâce, que d'art, que de qualités de premier ordre restent cachées, et comme une idée musicale qui ne se développe que par la mélodie, se découvre seulement à ceux qui la lisent en entier et dans sa langue ! Que dire d'abord de la richesse de la versification, de la forme métrique employée, des strophes vaillamment portées sur sept vers, dont cinq de huit et deux de douze pieds, forme difficile, mais agile et harmonieuse, et qui, par la sonorité et la répétition des rimes, concourt si efficacement à la vigueur et au charme des vers ? Que dire de cette langue si savamment comprise, si artistement travaillée, qui devient de plus en plus belle ? C'est merveille de voir combien elle est docile, expressive et souple dans les mains de ce jeune maître. Que d'intelligence, que d'efforts persévérants il a fallu dépenser pour restituer son éclat littéraire à ce vieil idiome de la patrie ! Aussi, lorsqu'on se rend compte de ce travail, de cette lutte et de ce succès ; lorsqu'on peut comprendre la joie qui doit avoir jailli au cœur de l'artiste victorieux de tous les obstacles et fier d'avoir relevé un dialecte déshérité, on ne peut s'empêcher de trouver un peu cruel ce conseil qui vient au poète de divers côtés, et qui tend à le déterminer à écrire en français, à changer de langue sans plus de façons, du soir au matin. On ne songe donc pas qu'il l'a aimée, sa langue, qu'il l'a embellie et illustrée, et qu'il a naturellement foi en elle ; qu'après l'avoir ressuscitée et vue sortir radieuse du tombeau, il croit fermement à sa seconde vie. Si c'est une illusion, qu'on la lui laisse ; n'est-elle pas respectable, une illusion qui lui fait produire des chefs-d'œuvre. Et si cette langue, qui lui est si chère, vient à périr, ses chefs-d'œuvre resteront au moins avec la gloire du poète.

Craindrait-on, par d'autres scrupules, de voir compromettre ainsi la nationalité française, et y aurait-il un projet menaçant de décentralisation dans les encouragements que l'on peut donner à la littérature provençale ? En vérité, nous n'en sommes pas là, et nous n'y tendons guères ; et ce n'est pas sérieusement qu'on peut, à ce sujet parler du démembrement de la patrie.

Ne nous arrêtons pas à ces suppositions singulières ; demandons-nous plutôt ce qu'il a voulu dire dans ce beau langage, quel que soit son nom et d'où qu'il vienne, que le poète a parlé. A-t-il voulu, comme on a pu le penser, dans le comte Sévéran, de qui l'histoire se rapporte, selon toute ressemblance, au XVIIIᵉ siècle, personnifier la noblesse dégénérée de cette époque, où les exemples ne manquent pas de fils de noble race lancés dans les entreprises et les aventures les plus suspectes, et opposer cette dégradation à l'éclat des sentiments d'honneur et de galanterie des seigneurs et des troubadours du moyen âge ? En Calendal, le bel enfant du peuple qui grandit, s'élève et arrive à la gloire, faut-il voir l'avenir de cette jeune démocratie à qui tout sourit, à qui tout appartient, si, comme lui, elle sait dignement remplir la mission à laquelle on l'appelle ? Mais ce que le poète a bien certainement voulu montrer, et là est son grand mérite, c'est que l'homme ici-bas, comme Calendal, dans quelque condition que le hasard l'ait fait naître, avec de la volonté et «la grâce de l'amour pur,» peut atteindre à tous les sommets ; cet amour pur, c'est l'amour de la sublime reine des montagnes, c'est la fidélité à cette conscience supérieure et inspiratrice, à la fée Esterelle, si vous voulez ; ou plutôt c'est le culte de tout ce qui est beau et de tout ce qui est bien ; c'est l'idéal, c'est l'âme dirigée vers Dieu. Esterelle pourrait s'appeler Béatrix, cause si touchante et si féconde des inspirations du Dante, et dont le sens est bien l'élévation de l'âme par l'amour.

Une foi vive peut accomplir des prodiges ; chez Mistral, c'est l'amour du pays qui l'exalte et le fait chanter ; jamais plus tendre regard ne fut jeté sur la terre natale, jamais fils n'aima mieux sa mère. C'est par la vertu de ses croyances profondes, par la sincérité parfaite de ses enthousiasmes que notre poète méridional est un grand poète. Par là, il se distingue d'un très grand nombre de poètes de notre temps, artistes habiles, fins ciseleurs de phrases ingénieuses, qui mettent partout un esprit subtil, un art savant, mais qui n'échauffent et ne touchent personne. Il n'est pas froid, lui ; et, s'il ne vous laisse pas indifférent, c'est que la flamme vit dans son cœur ; il aime, il croit, il défend de grandes et justes causes, la religion, la patrie, l'amour ; l'ouvrier est égal à l'œuvre ; *Operi par opifex.*

Aussi il a fait un beau livre, rempli d'action, de chaleur et de soleil : mais plein aussi d'idées hautes et saines, de nobles et mâles sentiments. Lorsque devant l'univers assemblé, l'industrie enorgueillie de l'importance qu'elle a prise et de l'immense expansion qu'elle a reçue, étale ses merveilles infinies; quand tout excite aux satisfactions extérieures, et paraît asservi aux intérêts matériels, qu'on laisse au moins un lieu de paix et de rafraîchissement, qu'on réserve une petite place pour ceux qui, sans vouloir faire obstacle à cette marche triomphale, trouvent bon de cultiver l'idéal et la pensée pure en lisant un beau livre, ou en contemplant un beau paysage. Il y a encore des gens à qui les plus brillants efforts de la créature ne font pas oublier les œuvres du Créateur ; et, quoi que l'on puisse faire et inventer, rien n'est plus intéressant, rien n'est plus grand, en définitive, que cette chose simple, mais infinie, que Dieu a faite, le cœur de l'homme.

Paris. — Imprimerie de Dubuisson et Cᵉ, rue Coq-Héron, 5.